Clarice vê Estrelas

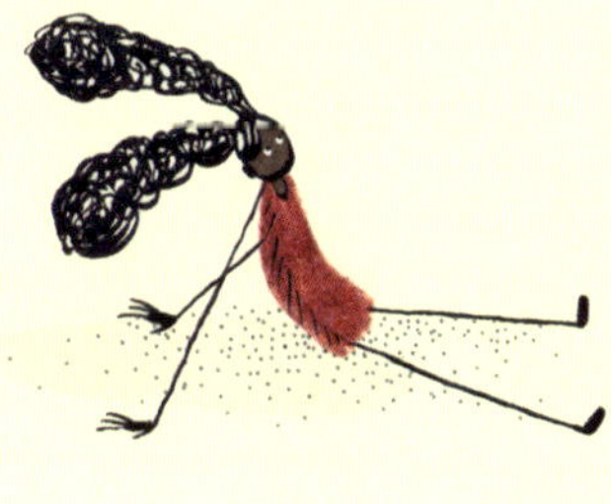

Letícia Pires & Kammal João

MOSTARDA EDITORA

Direção: Pedro Mezette e Fabiana Therense
Editora: Letícia Teófilo
Revisão: Driciele Souza
Ilustrações, projeto gráfico e capa: Kammal João
Projeto gráfico: Ana Costa

Dados Internacionais de Catalogação na Publicação (CIP)
de acordo com ISBD

Pires, Leticia

Clarice vê estrelas / Letícia Pires ; ilustrações Kammal João. - 2° ed. - Sumaré, SP : Mostarda, 2025.
64 p. : il.

ISBN: 978-65-5268-021-1

1. Literatura infantojuvenil. 2. Evolução. 3. Infância. I. João, Kammal. II. Título.

CDD 028.5

Bibliotecário Responsável: Oscar Garcia - CRB-8/8043
Índice para catálogo sistemático:
1.Literatura infantojuvenil 028.5

2025

Sumaré, São Paulo - SP
www.editoramostarda.com.br
@editoramostarda
contato@editoramostarda.com.br

CATEDRA UNESCO PUC-RIO DE LEITURA

unesco

A todos que, sem se importarem com a escuridão, procuram estrelas no céu...

Clarice gosta de brincar.
Como toda menina de sete anos,
ela gosta de brincar...

A rua onde Clarice mora é uma rua bem pequenininha, sem saída, que fica em uma vila. A vila tem doze casas, seis de cada lado. Em cada uma das casas, encontramos ao menos uma criança, mas, em algumas delas, até mais que três!

Todas as tardes de sábado a criançada se reúne. Juntas elas inventam mil e uma maneiras de se divertir: tem a "amarelinha espacial", o "pula cinco" e o "latarrida".

— Vamos brincar de "casa de todos"? – perguntou Joaquim.

— Cada um tem que trazer um brinquedo! – exclamou Sofia.

— Clarice tentou mudar a brincadeira e sugeriu a "teia comprida da aranha" e até mesmo um "campeonato de bolas extraespeciais de sabão", mas todos estavam tão empolgados com a ideia de Joaquim, que ninguém quis ouvir o que Clarice dizia. Foi então que ela confessou o que não se imaginava:

— Minha mãe não me deixa mais trazer brinquedos pra rua.

E ela sabia muito bem por que sua mãe não queria que seus brinquedos fossem parar na rua, mesmo

quando se fazia de desentendida: em todas as 437 vezes em que Clarice levara algum brinquedo para fora de casa, acabara esquecendo ele por lá. E definitivamente brinquedos não gostam de ser esquecidos! Mas Clarice nunca havia contado para nenhum de seus amigos que não podia levar os brinquedos para fora de casa; ela não sabe muito bem por que fez disso um segredo. Talvez tivesse medo de ser zombada pelos meninos ou então ser excluída do time de queimado da rua. *Um grande absurdo!* é o que pensaria Clarice hoje.

Como ela não dava nenhuma pista, seus amigos, cada um a um tempo, chegaram a diversas conclusões. Teve gente que falou que ela não tinha mais nenhum brinquedo; teve gente que achou que ela tinha muitos e não queria dividir. Mas foi Antônia quem mexeu com Clarice quando disse:

— Deve ser por conta do bebê.

O bebê ao qual Antônia se referia estava dentro da barriga da mãe de Clarice e estaria pronto para nascer em poucos dias! Clarice fez como se ela não tivesse entendido, mas Antônia continuou:

— Vai ver que ela tá preocupada.

— Com o quê?

— Preocupada do bebê ser uma menina, e aí então ele vai ter que usar suas coisas. A minha mãe guarda tudo o que já usei para a minha irmãzinha. Se eu tivesse perdido alguma coisa ou então quebrado algum brinquedo, ela com certeza ficaria muito chateada comigo.

— Bobagem! Eu posso mexer nos meus brinquedos na hora que eu quiser.

Clarice danou a correr e entrou feito um furacão em casa. Ela tinha pressa de voltar para a rua porque era praticamente uma questão de honra mostrar para todo mundo que ainda podia brincar com o que quisesse. Atravessou a casa inteira e, quando chegou à cozinha, encontrou sua mãe preparando um bolo para o lanche de fim de tarde.

— Mãe?

— Oi?

— Posso escolher um brinquedo pra levar pra fora?

— O que já conversamos sobre isso?

— Mas dessa vez vai ser diferente...

— Foi o que você me disse da última vez. E, no entanto, eu tive que ficar procurando a sua boneca lá fora por horas.

Sem ouvir direito o que sua mãe falava e já pronta para pedir mais uma vez, Clarice enfiou o dedo na massa do bolo, o que fez sua mãe ficar muito brava duas vezes.

— Não faz isso!

— Faço! Mil vezes se eu quiser... Você tá uma chata!

— Isso é jeito de falar comigo?

— Falo do jeito que eu quiser. Você não me deixa fazer mais nada, agora é tudo só pro bebê.

A mãe de Clarice ficou muito aborrecida com tanta injustiça. Então, para não se azucrinar ainda mais, proibiu a menina de voltar para a rua e pediu que Clarice fosse ajudar o pai a arrumar o sótão da casa. Ou seja, nem bolo nem brinquedo. Clarice agora tinha que pensar no seu mau comportamento. E como a troca não a deixou nada contente, ela não parou de resmungar enquanto subia as escadas.

— O que houve?

— Mamãe mandou eu vir te ajudar.

— Parece que eu escutei vocês duas brigando...

— Eu não briguei com ela, foi ela quem brigou comigo.

— E o que você andou aprontando?

— Nada.

Clarice já havia tentado outras vezes convencer o seu pai a convencer sua mãe a mudar de ideia quando o assunto era castigo. Mas um nunca contrariava o outro, e como nada mudava para o lado dela, tratou de mudar de assunto.

— O que você está fazendo?

— Estou vendo o que podemos doar pro bazar. Aqui tem muita coisa que não nos servem mais, mas poderá servir pra outras pessoas.

Os pais de Clarice gostavam de ajudar o próximo, só que, de fato, havia muito tempo que ninguém revirava as caixas perdidas naquele sótão. Não demorou muito para Clarice se interessar pelas caixas de objetos de seu pai e de sua mãe quando ainda eram crianças e achou tudo muito curioso.

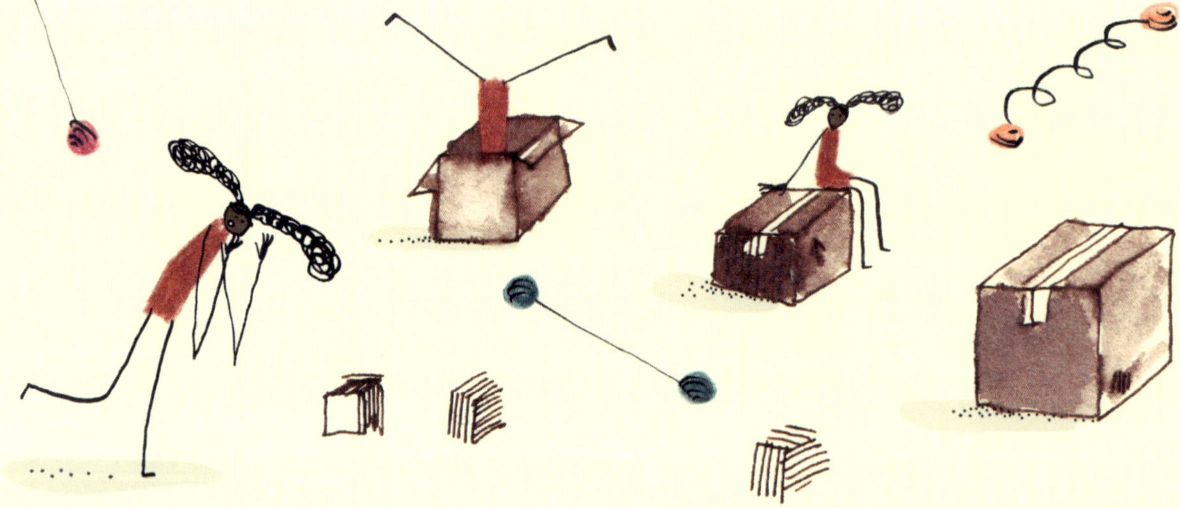

Caixa

Caído atrás de uma das caixas, Clarice encontrou um livro. Menor que os livros da escola, porém maior que qualquer um de seus gibis. A capa era dura, de aspecto envelhecido, e uma grande estrela parecia – como se realmente fosse possível – querer escapar. Dentro havia algumas páginas em branco, outras preenchidas.

— O que é isso aqui? – perguntou Clarice para o pai, que olhou a descoberta da filha com olhos desconfiados.

— Acho que esse aí era da sua mãe, possivelmente da época em que a sua avó viajava muito.

— A vó passava muito tempo fora, né?

O pai de Clarice nunca gostava de falar das coisas que ficaram para trás e, sem saber muito bem o que fazer, pegou o livro empoeirado da mão da menina e deu uma boa olhada nele. Folheando o tal livro, deixou cair um pedaço de papel com uma dedicatória, logicamente da avó para a mãe de Clarice.

B. AIRES 302 - ...

2240170 - 2240262 -

EXTINTOR FIREX - IND. COMÉRCIO LTDA

RUA TORRES SOBRINHO 26 · 28...

95.5...

ERNANI - IMP. RENDA

LOJA COPAC 709-1004 - ~~236240~~

Resid. ~~235882~~ LOJA 255839

Ernani Moreira dos Santos C. Ramos 168/20...

ELETRORAMA - 2-657440 (...

GILBERTO (OU SEVERINO...

ESTRELA - ~~2240262 - 22401~~

DIST. CARIOCA RUA BELA 206 - 23428...

ELENA EMP. S. Ferreira 228/6...

TEL 2656645

EUGENIO BIHARI RES. 2,34-55-...

CAPANGA CARTEIRAS PORTA DOCUMTOS

EDVALDO 2886263 - Thedy

ELETRICISTA. CARRO. FRANCISCO 265 40...

RUA B. LISBÔA - GENRO ORLANDO (COMP...

ELOY (IRMÃO ZORAIDE) AV. GOV. VALAD.

234-4871
JEFFERSON
DIA E NOIT

TA FISCAL
a (Extraída em 6 Vias)
Série C-1
. Ligadeiro Lima
e Caxias
ão 17-01405 - D.R.F.E. 2.ª
no C.G.C. do Ministé
da Operação:
ansporte
ssão da Nota:
ADORIAS

S-PASSOS
173-219

CARTEIRAS
URUGUAIA

SME: RUA

Porque, mesmo quando estamos longe, estamos perto........*

389

CARLOS ALBERTO 2461600
Carlos Henrique Tel 2302390
(Carteiras Plasticas)

Não deu para entender muito bem o porquê, mas o pai de Clarice esqueceu que o ar é invisível e achou que ali não tinha o suficiente, então saiu dizendo que precisava respirar lá fora. Antes, disse:

— Sua mãe vai gostar de ver isso!

O livro com a estrela na capa parecia não ter muita graça, igual àqueles livros que às vezes ficam esquecidos uma eternidade nas prateleiras... Mas não era o fato de ele estar incompleto que despertava a curiosidade de Clarice, tinha alguma coisa a mais... foi quando ela abriu o livro, limpou as primeiras páginas e começou a ler.

Clarice lia uma página, pulava duas em branco, lia a próxima página e pulava quatro. Depois de algumas páginas puladas e outras não, a menina já estava cansada. Aquele livro parecia não ter fim! Quando pensou em fechá-lo e buscar outra coisa para se distrair, Clarice ouviu, sem descobrir de onde vinha, um sonoro

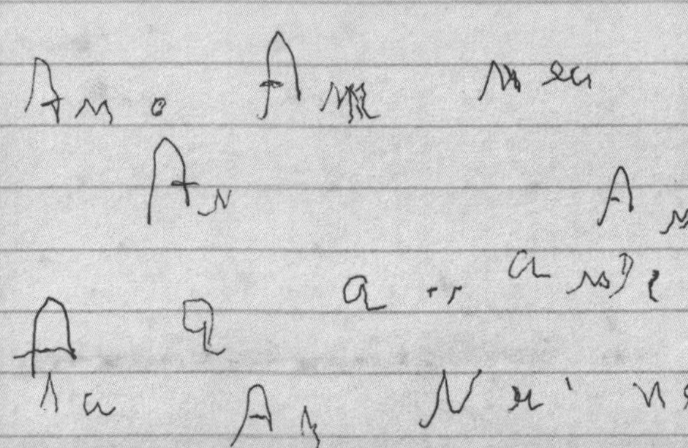

NÃÃÃÃÃÃÃOOOOOOO

— NOSSA, O CORAÇÃO DE CLARICE BATEU FORTE FEITO ATABAQUE EM DIA DE FESTA!!!!!!

Com o susto, ela deixou o livro de lado e tudo ficou em silêncio. A menina subiu alguns degraus da escada, mas, quando estava na metade do caminho, teve dúvidas se o que tinha ouvido pudesse mesmo ter saído daquele livro ou se tinha sido coisa da cabeça dela. Às vezes a cabeça de Clarice imaginava coisas demais. Lembrando-se disso, ela resolveu dar meia-volta e terminar de conferir página por página daquela história mal contada.

virou  a

virou duas...

três

Uma música começou a tocar e ela não conseguiu mais tirar os olhos do livro, parecia hipnotizada. Foi como um passe de mágica: o livro tinha mais força do que as meninas do terceiro ano no cabo de guerra! Começou a puxar Clarice e tudo o que havia no porão ao mesmo tempo misturando o que estava dentro com o que estava fora. Um redemoinho se formou, e Clarice foi sugada para o meio do furacão. Rodou, rodou e cansou. De tão cansada, acabou dormindo.

A ventania levou a menina para bem longe. Quando acordou, ela não sabia muito bem o que tinha acontecido, mas logo percebeu onde tinha parado. O chão de terra batida, a lona de duas cores, o picadeiro e a arquibancada estavam lá. Era tudo igual ao livro que Clarice acabara de descobrir, mas era ainda melhor. Tinha até uns tecidos que desciam do alta da lona. Até aí tudo bem... O problema não era o que o circo tinha mas o que ele não tinha: gente!

— Mãe? Pai? Bebê? Tem alguém aí?

Clarice olhou ao redor, buscou atrás das cortinas desbotadas, chamou, berrou e quando gritou: “Onde estou?”, uma voz grossa e calma respondeu:

— Se você não sabe onde está, ninguém mais poderá saber!

— Quem disse isso? – perguntou Clarice enquanto voltava a procurar em cada buraquinho que encontrou por ali e nada. A voz continuava a falar com ela, o que só aumentava a curiosidade e a aflição da menina.

— Ei, onde você está?

— E você, onde você está?

— Eu não sei!

— E ainda quer saber da minha vida?

— Nossa vida! – disse uma terceira voz.

— Peraí! Você não está sozinho. Eu não estou sozinha! – surpreendeu-se Clarice.

Clarice comemorou a descoberta! Havia duas pessoas com ela! Quer dizer, pessoas não é bem o termo mais apropriado, porque palhaço é meio gente, meio encantado. E o que Clarice descobriu foram dois palhaços. Melhor explicando, um palhaço e uma palhaça. Dois!

Não havia ninguém em nenhuma parte, e daí bateu um desespero...

E eles começaram a se desentender cada vez mais. Parecia até vontade de irmãos quando tem brigadeiro na panela, sabe? Clarice ainda não tinha nenhum irmão para sentir mais vontade do que ela, mas sabia bem como era de tanto observar os trigêmeos lá da vila.

Os palhaços falavam rápido demais. Ela olhava para um e para o outro feito jogo de pingue-pongue, e a cada respiro na discussão na tentativa de falar algo. Queria saber quem eles eram ou mesmo se moravam ali, mas eles não prestavam atenção nela, e Clarice ia ficando mais e mais confusa enquanto os palhaços rezingavam:

— Nossa, não! Eu sou um, você é outro, quer dizer, outra.

— Mas vivemos as mesmas histórias, temos o mesmo destino. Então a vida é nossa!

— Será que pelo menos uma vez você pode me deixar sozinho? A mocinha ali quer saber da minha vida.

— Nossa! Porque se eu tivesse falado primeiro com ela, ela iria querer saber da minha vida, o que seria a mesma coisa que querer saber da sua e inevitavelmente da nossa vida.

Foi aí que os dois palhaços começaram a rolar no chão. Mas, como eram palhaços, não dava muito para chamar aquilo de briga. Clarice perdeu

a paciência e acabou falando mais alto que os dois juntos. Os palhaços pararam no mesmo instante e ficaram imóveis, assim como brincadeira de estátua, em uma posição completamente desajeitada. Clarice quase riu, mas, como finalmente eles estavam olhando para ela, achou melhor não perder o foco.

— Vocês poderiam parar de discutir? Será que podem me dar um pouquinho de atenção?

— Claro! – exclamaram juntos os dois palhaços.

— Como faço pra ir embora? Preciso ligar pros meus pais. Alguém sabe pra que lado fica a rua Dois de fevereiro?

— Pra cá!

— Pra lá!

— Pra cá!

— Quem sabe?

— Quem sabe?

— ... e até a chegada do infinito! – disse a palhaça, ainda tentando explicar um possível caminho. Clarice tinha muitas perguntas para fazer, mas o mais importante naquele momento era descobrir o caminho de volta para casa. Quando percebeu que os palhaços demorariam muito para se entender e chegar à conclusão de em qual porta ficava a saída do circo, Clarice tentou outras perguntas:

— Quem são vocês? O que fazem neste lugar vazio e abandonado?

— Desculpa, é mesmo falta de educação não se apresentar. Vou fazer as honras do circo – disse a palhaça. — Meu nome é Alegria, e o dele é Suspiro. E antes que a senhorita queira continuar esta conversa, permita que eu faça uma pequenina correção: não estamos em um circo abandonado. Eu diria apenas pouco visitado.

— Pode até ser – disse Clarice –, mas isso não é o mais importante pra mim agora. Por favor, me digam onde fica a saída.

— Saída? – Clarice não entendeu por que Suspiro indagou tão bravo. Até que ele continuou: – Não há saída!

— Como não? – retrucou Clarice.
– Ninguém chega sem ter um caminho.
O caminho de ida deve ser o de volta.
E eu aposto que o caminho é por ali.

Clarice correu em direção à saída principal do Circo. Suspiro e Alegria saíram apressadamente atrás dela.

Quando chegou lá fora, Clarice foi surpreendida por uma bela noite negra. O céu estava cheio de estrelas. A maior quantidade que ela já tinha visto. Eram tantas naquele céu que Clarice pensou por alguns instantes que poderia tocá--las e, pensando assim, fechou os olhos.

Ela jura até hoje e ficaram brincando de pique-pega em torno torno dela

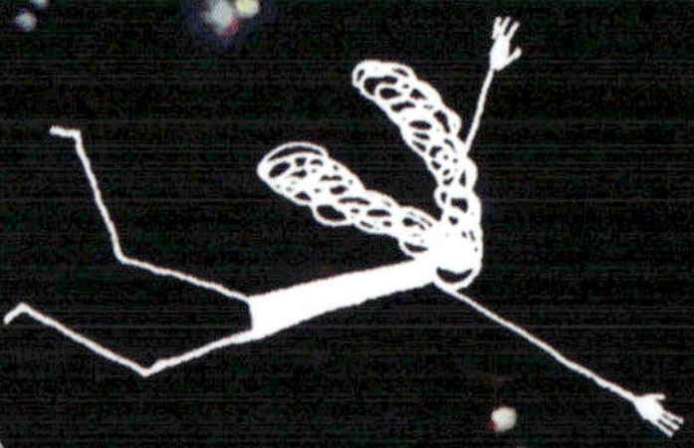

que naquele momento todas as estrelas desceram do céu

— O que foi? – perguntou Alegria.

— É a noite mais bonita que eu já vi – respondeu Clarice. – Nunca pensei que um céu pudesse ter tantas estrelas.

— Alegria olhou para Suspiro com um olhar meio bobo, encheu seu peito de ar e concordou com Clarice. A menina, em um estalo zás-trás, lembrou o que tinha que fazer ali. Deu a volta no circo e descobriu que não havia nada, em lugar algum que seus olhos pudessem alcançar, além da tenda armada. Toda vez que ela gritava por alguém a única coisa que ouvia em resposta era o eco da sua própria voz.

–TEM ALGUÉM AÍ, AÍ, AÍ...???

Clarice acabou desistindo de dar voltas no Circo. Sentou-se no meio dos dois palhaços e pediu ao menos uma explicação.

Alegria achou melhor Clarice parar com as perguntas. Mas a gente sabe bem como a menina é insistente. Então Suspiro, estafado com tanta pergunta, começou a responder:

— É muito difícil – foi o que disse em primeiro lugar o palhaço.

Alegria, preocupada com a possibilidade de o coração de Suspiro não ficar muito bem, tentou interrompê-lo, e Clarice logo achou que ela mesma tinha feito alguma coisa errado.

ZÁS

— O que foi que eu fiz dessa vez? – perguntou ela.

E suspiro respondeu:

— Você? Nada. – E então finalmente ele explicou o motivo de tanta solidão: – Tudo começou quando aquela menina achou que não precisava mais passar por aqui. Daí tudo foi ficando mais complicado, as cores sumindo, o caminho foi se fechando, o espetáculo ficando sem graça, piorando. Até que você apareceu.

Clarice, esperta que só ela, juntou um mais um na sua cabeça e logo se lembrou de como o seu pai ficou querendo mostrar para a sua mae o bilhete que estava dentro do livro perdido no sótão de sua casa. Clarice então pensou que se ela chegou até ali, as coisas deveriam estar melhores, diferente do que Alegria e Suspiro imaginavam. O caminho estava aberto novamente e era só descobrir o jeito certo de voltar para casa. Mas esse era um assunto muito caro para Alegria e Suspiro, e antes que ela pedisse mais alguma explicação, Suspiro se adiantou em dizer:

— Todas as outras perguntas são perguntas que você só poderá responder...

Os dois palhaços voltaram correndo para dentro do Circo, e dessa vez quem correu atrás foi Clarice. Ela correu, mas quando entrou não encontrou mais nem um palhaço nem outro.

TRÁS

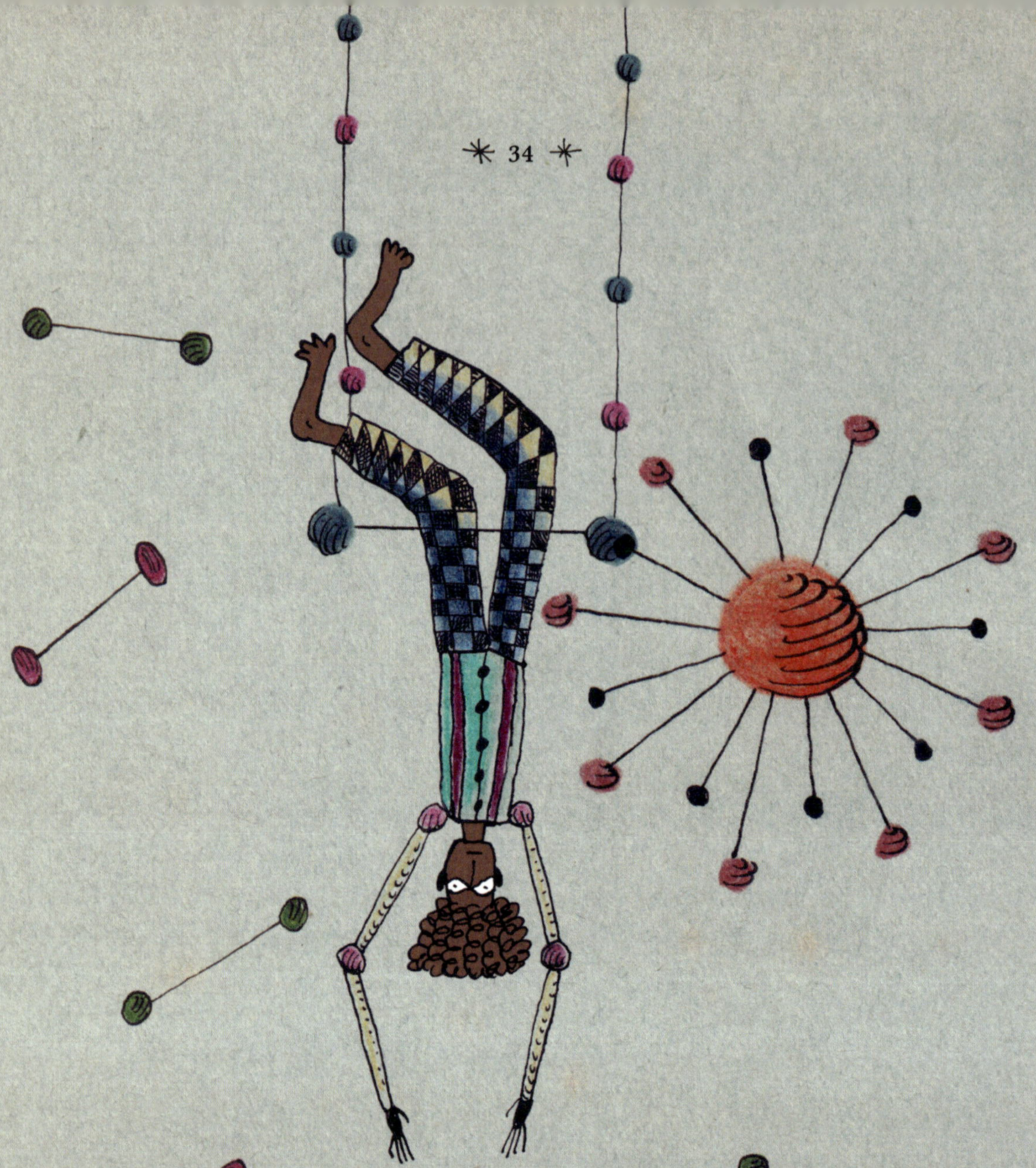

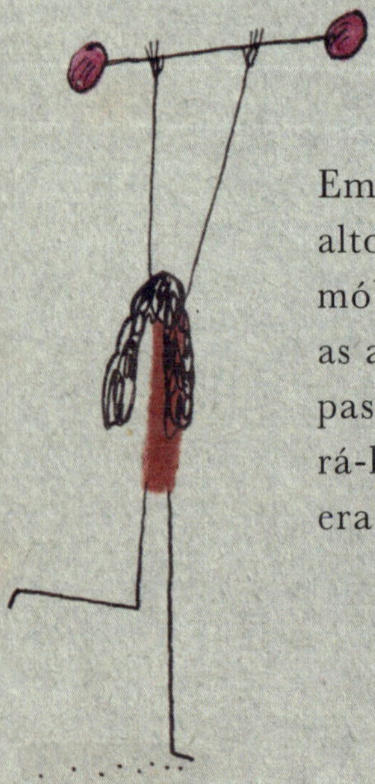

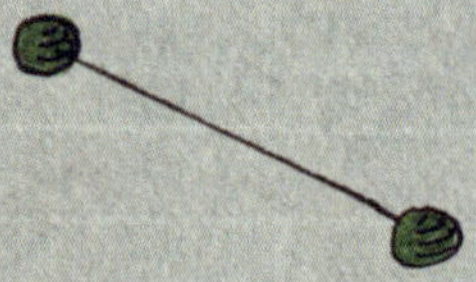

Em compensação, viu que tinha um homem alto e esguio pendurado no teto feito um móbile e que parecia não se preocupar com as alturas; se balançava para lá e para cá, passando perto do chão. Clarice tentou segurá-lo, mas quando ela quase chegava perto era ele que parecia querer segurá-la.

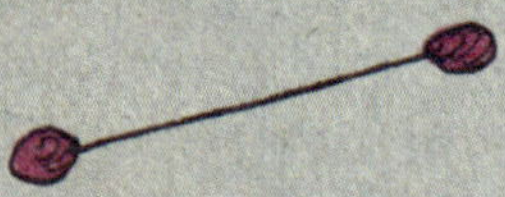

— Você viu dois palhaços por aí?

— A gente nem começou a brincar e você já cansou?

— Como eu faço para sair daqui.

— Bom-dia pra você também! – exclamou o trapezista lá de cima.

— Bom-dia? Mas ainda é noite lá fora.

— Está certa disso? As coisas nem sempre são do jeito que parecem. É preciso dar tempo a elas.

Em um piscar de olhos, raios de Sol começaram a entrar por debaixo da lona, e rapidamente a noite virou dia, Clarice percebeu que o tempo naquele Circo não era igual ao tempo da sua casa. O ponteiro do relógio decididamente andava diferente por ali. Foi assim que o moço que estava lá em cima foi parar lá embaixo.

— Quem é você?

— Como ousa não saber com quem está falando?

— É que eu acabei de chegar...

— Eu sou o Capitão Céu-Azul. O mestre dos ares, o imbatível do trapézio.

Capitão Céu-Azul falava e falava, e não demorou muito para notar que Clarice não prestava a menor atenção no que ele dizia.

— Menina, você não sabe que é feio não prestar atenção quando tem alguém falando com você?

— Mas eu quero te perguntar...

— Tsc, tsc, tsc... Dois ouvidos e uma boca, senhorita! Você não aprendeu que deve primeiro escutar e só depois começar a falar? E não é de graça que existe um espaço no seu lindo rostinho entre eles. É o tempo da compreensão! Compreensão da esquerda, compreensão da direita.

Então, já que o Capitão Céu-Azul estava acostumado a ter sempre a atenção desejada, voltou para o seu trapézio.

— Você sabe como eu faço para sair daqui? – perguntou Clarice com o pescoço todo inclinado.

— Claro!

— Então fala! Eu quero muito voltar pra casa.

— Será que você quer realmente voltar pra casa? Será que lá é mesmo o seu lugar? Se você quer mesmo, isso, venha comigo!

Clarice não tinha dúvidas de que realmente queria voltar para casa, mas não tinha a menor ideia de como faria para chegar ao alto do trapézio. Capitão Céu-Azul jogou tecidos lá de cima e deu uma ordem expressa:

— Venha! Eu te ajudo.

— Nunca subi tão alto. E se eu cair?

— Você tem que confiar em mim, mas o mais importante é você confiar em você. Acredita?

— Acredito!

— Então venha.

E Clarice subiu se pendurando nos tecidos; o grande truque foi não olhar para baixo. Subiu e não caiu. No mastro, o Capitão Céu-Azul a esperava de sorriso aberto.

— Você não queria saber o caminho de volta? Então olha pro infinito, pensa nas estrelas... Respira, enche o peito de coragem e deixa o vento te levar. Preparada?

—SSSSiiiiiimmmmmm..

— Clarice e o Capitão Céu-Azul deram muitas voltas no trapézio. Davam gargalhadas sem parar... O vento que batia no rosto de Clarice era tão gostoso que ela sentia como se tivesse asas!

Clarice ria tanto, que sem perceber já estava no chão. Foi quando ouviu uma voz que não era nem a sua nem a do Capitão Céu-Azul. Olhou para cima e não havia mais ninguém no trapézio enquanto a voz só fazia chegar mais perto.

— Algodão-doce, pipoca, pipoca quentinha!

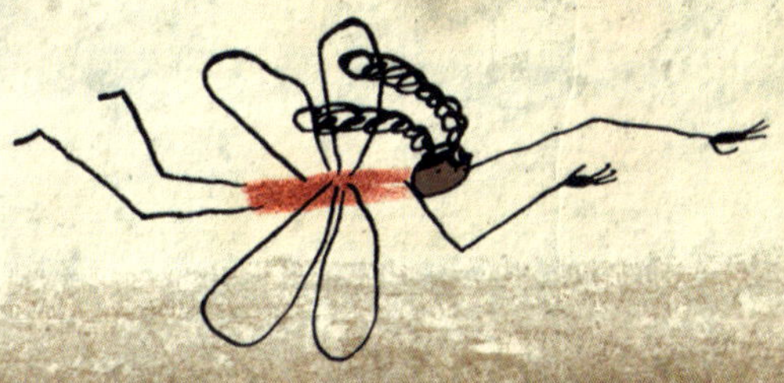

— Quer pipoca? – perguntou o senhor franzino de cabelos branquinhos e boné velhinho que entrou no Circo.

Clarice lembrou que já havia dado voltas lá fora e que não havia ninguém, então quis logo saber de onde ele tinha surgido.

— Como assim de onde? Eu tava aqui o tempo todo. Vendo pipoca e algodão fresquinhos todos os dias de grande espetáculo.

Clarice ouviu a frase até o final, mas não deixou de afirmar:

— Hoje não vai ter espetáculo! Não tem ninguém por aqui!

O pipoqueiro riu. Pegou um saquinho de algodão--doce e deu de presente para Clarice.

— Toma – disse ele. – É para adoçar a sua vida enquanto o show não acontece.

Ele não era muito de conversa, e como Clarice não ia mesmo comprar pipoca e também não parava de falar, ele seguiu empurrando o seu carrinho anunciando a pipoca que ainda acabava de estourar.

— Moço, não me deixa aqui sozinha, eu só tenho sete anos! Sete anos e meio!

O pipoqueiro deu mais uma boa risada e, seguindo o seu destino, respondeu sem olhar para trás:

— Você não está sozinha.

dos
dias
JORNAL

1 2 Azeredo R. Nasc. Silva 175-301

Dilita X c Carla X e Vera Âmama P.

Anamaria X c Luizinho X 4

Antonio Ribeiro França e Sra. 6

Ilza X c Júnia X 8

Alessandro X Ricardo Mª Cecília X

247-7235

Jassy X + c Luiz Carlos

+

Santinha c Maninho 13

Marcos c Nádia R. [illegible] 33-903

14 15

Alcides c Lúcia

Arnaldinho c esp[illegible]

Beatriz c Eli[illegible]

Lucie c Beto

Affonso c Júlia [illegible] 28 São Paulo

Affonsinho c Cora[illegible] 03670

Renato c Renata

Luiz c Beatriz

Carlinhos c

Claudio

Heloisa Fontes Garcia Rua S. Clemente 233 ap. 301

227-2250

Jean Louis + Aldenise Vieira Souto 412 ap. 102

Marilu Júlio 29 V. Souto 412 ap. 101

Roberto Maísa 32 287-9196

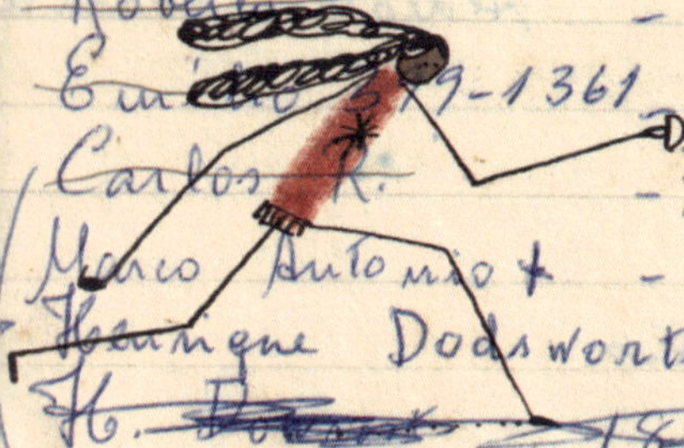

Emilio 29-1361 30 Mª Helena Costa Khalil Gibran 343 22600

Carlos R. 37 Alice Av. Borges de Medeiros 83 22430

Marco Antonio + Maria Cândida +

Henrique Dodsworth 180 cob. 01

H. [illegible] 180 cob. 01

Rua Alberto Torres, 78 Petrópolis R.J.

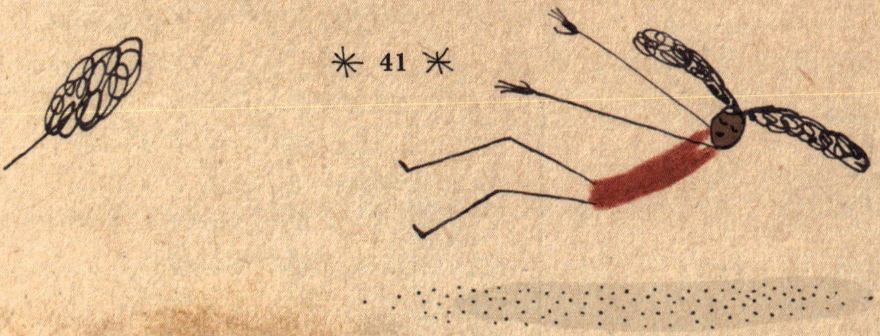

Foi quando Clarice levou um susto com o barulho de chicote que ouviu. Deu um pulo e seu algodão--doce caiu no chão. Olhou para trás e descobriu uma Domadora de Feras que logo se pronunciou, em tom de voz muito bravo:

— Cuidado! Não se aproxime, porque o terrível leão Hércules pode te machucar.

— Que Leão? Não vejo nenhum Leão por aqui.

— Menininha petulante! Se não tem medo do Leão, o que faz aqui?

— Quero achar o caminho pra casa, mas não sei como. A gente está no meio do nada!

— Muitas vezes até o nada precisa ser enfrentado com coragem. O nada é um nada que vem do nada e nos leva pro nada através de outro nada.

O jeito com que Clarice olhava para a Domadora já dizia tudo. Ela não estava entendendo uma palavra e seu rosto era praticamente um ponto de interrogação. A Domadora insistiu: era sobre enfrentar os medos que ele estava falando. Colocou o chicote na mão de Clarice e começou a ensinar a menina a se movimentar como se o chicote fosse uma espada. Clarice se sentiu uma grande Mosqueteira.

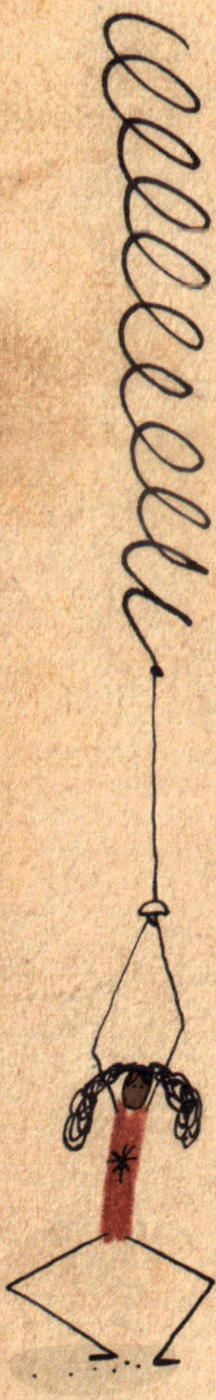

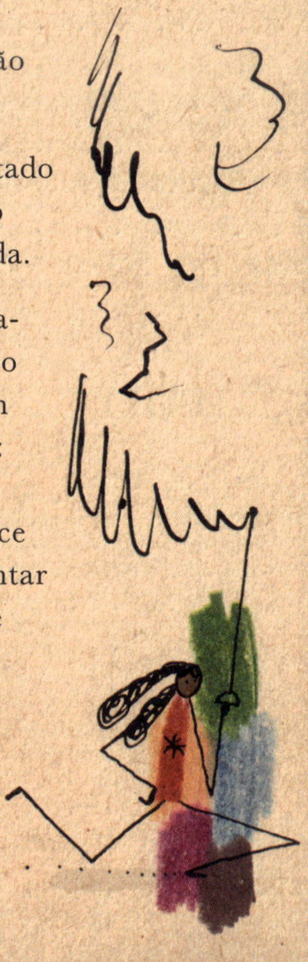

— Coragem! Foi a última coisa que Clarice ouviu da Domadora. Quando se deu conta, Alegria e Suspiro estavam eufóricos na frente dela, comemorando porque finalmente alguém havia derrotado o temido Leão. A Domadora é claro, já não estava mais por ali. Clarice não se preocupava mais com esse aparece e desaparece de gente que toda hora acontecia, agora não era mais novidade. Enquanto Suspiro gritava "Bravo! Bravo" e Alegria aplaudia, Clarice se exaltou.

— Por que ninguém aqui consegue responder a uma pergunta minha?

Foi estranho para todo mundo o jeito como Clarice falou. Falou gritando. Mas ficou claro que foi mais estranho para Alegria e Suspiro. Os dois saíram correndo, mas Clarice achou melhor não ir atrás dessa vez...

Uma luz se acendeu
no picadeiro.
No meio da luz,
um mágico começava
o seu número.

— Senhoras e senhores, desta cartola vazia surgirá um incrível coelho, de orelhas enormes, nariz rosa e pelos, muitos pelos, branquinhos!

O mágico chamou Clarice para ver o seu truque. Quando ela chegou bem perto e pegou a cartola, achou muito difícil um coelho nascer e crescer em tão pouco tempo.

— Ele aparecerá. – Foi o que garantiu o mágico.

— Não tem como!

— Tem. – Principalmente se o mágico for eu. O mágico magnífico, majestoso, maravilhoso: Mágico-Mágico.

— Mágico-Mágico?

— Claro! Eu sou capaz das melhores mágicas já vistas. Um coelho em uma cartola é mole pra mim. E você, já tirou um coelho de dentro de uma cartola?

É. Clarice nunca havia mesmo tirado um coelho de dentro de uma cartola. Então Mágico-Mágico vestiu Clarice com roupas apropriadas para um número de mágica, colocou uma cartola em uma de suas mãos, uma varinha na outra e em seguida disse:

Lição número 1:
— Se você nunca tentou, como sabe que não vai conseguir?

Clarice balançou a varinha para um lado e a cartola para o outro. Tentou. Não deu certo. Achou melhor desistir. Por insistência do Mágico-Mágico e da sua lição número 2 – "concentração" –, ela tentou pela segunda vez.

— Eu consegui! Eu consegui!

Da arquibancada, Alegria e Suspiro aplaudiam a conquista de Clarice. Clarice se aproximou dos dois palhaços e pediu desculpas por ter gritado com eles. Antes que eles respondessem, abriu os braços e os três se abraçaram...

E deixaram que o silêncio falasse muita coisa...

— Tudo o que a gente deseja de verdade acontece – disse Suspiro.

Alegria logo emendou:

— E você quer muito voltar para casa, não é? – Ela não precisava responder, todos sabiam que sim. Mas a menina agora queria também que aquele circo voltasse a ter cor, que todo mundo pudesse ser mais feliz e compreendeu que já sabia como.

mágica-mágica

Clarice foi até o centro do picadeiro e disse bem alto:

— Hoje tem marmelada?

Alegria e Suspiro entenderam o que Clarice queria e logo começaram a brincar com ela.

— Tem, sim, senhor!

— Hoje tem goiabada?

— Tem, sim, senhor!

— E o palhaço o que é?

— É ladrão de colher!

O circo foi ficando mais iluminado, o mágico, o trapezista, o pipoqueiro, a domadora e muitos outros que Clarice não havia ainda conhecido apareceram. Veio a bailarina e sua sombrinha de corda bamba, também uma contorcionista e veio até um equilibrista de treze malabares! Gargalhadas podiam ser ouvidas em toda parte. Clarice, muito animada, no meio de todos continuava:

— Senhoras e senhores, vai começar o espetáculo! Aqui tem brincadeira e amizade! Aqui, o tempo é para quem quiser! Senhoras e senhores, meninos e meninas, soltem a imaginação!

de 19

A plateia também foi enchendo e todos os lugares estavam ocupados quando tudo começou a girar. Cada vez mais a velocidade ia aumentando e Clarice não sabia se quem girava era ela ou o Circo, mas isso não importava muito.

e girou e girou, e girou e girou, e girou e girou, e girou, e girou e...

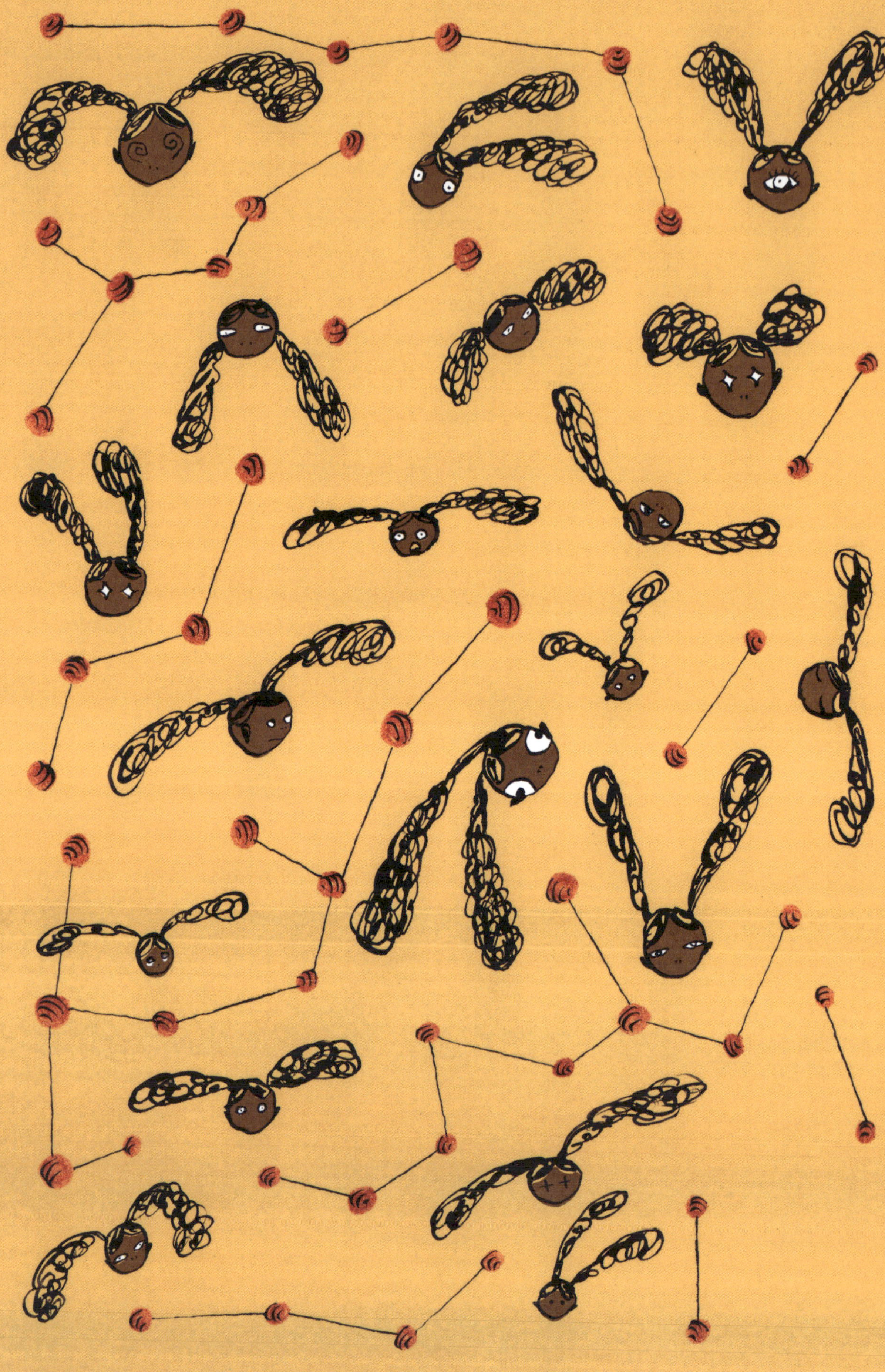

Ouviu sua mãe chamar, abriu os olhos e deu de cara com ela e doce sorriso. Clarice abraçou sua mãe bem forte, e a primeira coisa que disse foi que a amava muito e também amava o seu pai e o bebê que ainda ia nascer e pediu desculpas por ter feito malcriação.

— Não se deve falar assim com os mais velhos, mãe. Se for mais velho e palhaço então, nem se fala!

A mãe de Clarice ficou feliz, mas achou que a filha estava um pouco estranha.

— O que foi que te deu?

Agora levanta daí porque sua avó chegou. Clarice procurou o livro, pois queria que mais gente soubesse o que havia acontecido com ela. Procurou e não achou. Ela sabia que nem todo mundo acreditaria na história que ela queria contar, mas sua avó talvez acreditasse e, mais ainda, talvez ela tivesse algumas respostas para dar. Por isso, sua mãe disse que achariam o livro em outro momento...

Clarice desceu as escadas o mais rápido que pôde e se jogou nos braços de sua avó assim que a encontrou.

— Quanta disposição, menina!

— Vó, você não sabe o que aconteceu comigo!

Mas, antes que ela pudesse terminar a frase, sua mãe interrompeu a conversa. Não à toa, afinal Clarice era muito falante e havia um bolo e um café quentinho esperando por todos na mesa. A menina teve que segurar à vontade de contar tudo o que aconteceu. E, quando ela saiu daquele abraço apertado, ganhou um presente.

Foi logo desfazendo o laço de fita e rasgando o papel de presente. Quando finalmente viu o que tinha nas mãos, ficou de queixo caído...

— É pra quando você quiser ver as estrelas – disse docemente a sua avó.

Clarice ganhou uma linda caixinha de música em forma de Circo! Ela e a avó se olharam. Naquele momento ficou entendido que não precisavam falar mais nada.

A mãe de Clarice também achou o presente lindo, mas foi logo lembrando que o café iria esfriar e levou todo mundo para a cozinha. Clarice deixou sua caixinha de música em cima da mesa e foi ficar com a sua família. Naquela tarde, Clarice fez o que iria voltar a fazer muitas e muitas outras vezes: riu, contou e ouviu histórias com todos à mesa.

Não demorou muito para ouvirem a molecada gritando por Clarice lá na rua. Sua mãe disse que ela poderia pegar o brinquedo que quisesse, mas era preciso tomar cuidado. Para espanto de todos, Clarice disse que não precisava levar brinquedos para a rua, tinha uma imaginação muito boa e sabia até fazer mágica! Quando passou pela sala correndo, deu meia-volta só para dar corda na caixinha e deixar a música tocar. Ela não queria mais que o seu Circo ficasse parado. Deixou-o em cima da mesa e foi para a rua brincar...

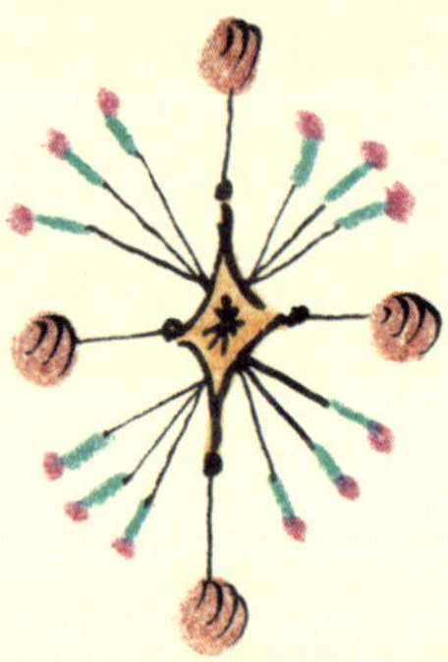

DESDE ENTÃO,
TODA NOITE É ASSIM:

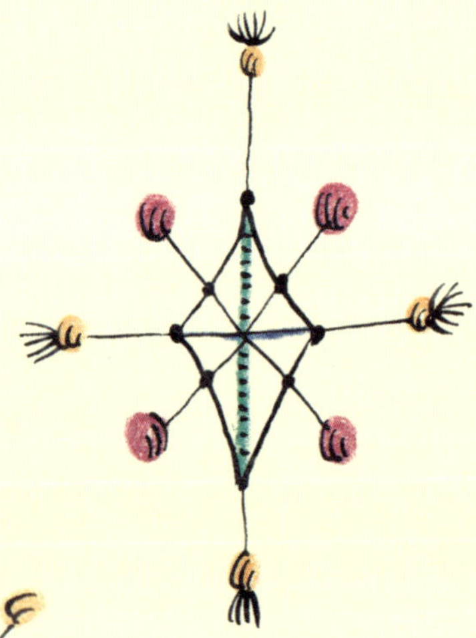

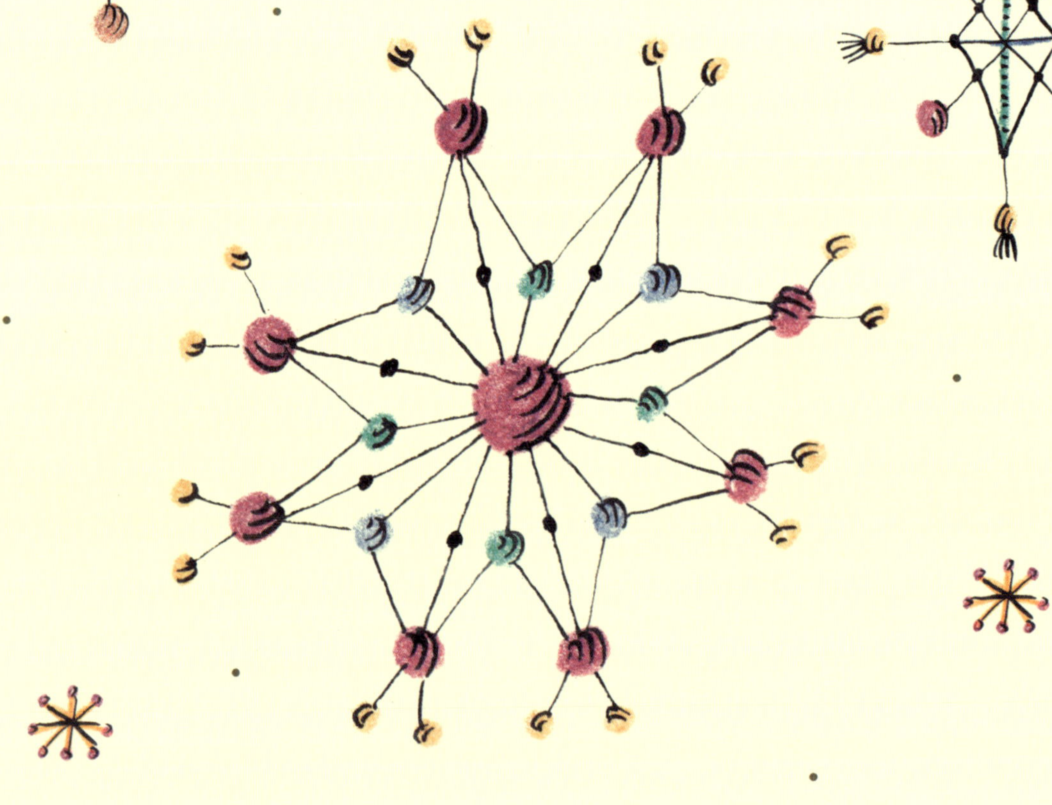

CLARICE DÁ CORDA NO CIRCO PARA OUVIR MÚSICA
E ADORMECE VENDO ESTRELAS. . . .

"CLARICE VÊ ESTRELAS"

NASCEU DAS PÁGINAS EM 2012, UM SONHO TECIDO EM PALAVRAS E IMAGENS. . . . . EM 2024, ESSA AVENTURA GANHOU VIDA E MOVIMENTO NO CINEMA. . . .

ESSA NOVA EDIÇÃO DO LIVRO CELEBRA ESSA HISTÓRIA QUE AO LONGO DOS ANOS JÁ FOI LIVRO, VIROU FILME E → VOLTOU A SER LIVRO. . . .

Letícia Pires

Na infância queria ser astronauta; um dia descobriu que na Lua não tinha chocolate. Ouviu Beatles, Bossa e muito Oswaldo Montenegro. Seu pai a fez personagem de HQ, sua mãe a ensinou a ler com quatro anos. Filha do meio, passa horas no cinema. Lamenta não ter lido todos os livros, mas escuta as canções.

Kammal João

É artista e educador, nasceu em 1988 no Rio de Janeiro onde vive e trabalha. Atualmente é professor no parquinho Lage, EAV - Parque Lage e no projeto independente Animando Guaratiba. Desde 2009, como ilustrador, já colaborou com diversos autores e editoras.

ESTE LIVRO FOI COMPOSTO
COM A FONTE BASKERVILLE
E IMPRESSO EM MAIO DE 2025